Analyse de l'œuvre

Par Hadrien Seret et Nasim Hamou

Odyssée

d'Homère

lePetitLittéraire.fr

Rendez-vous sur lepetitlitteraire.fr et découvrez :

Plus de 1200 analyses
Claires et synthétiques
Téléchargeables en 30 secondes
À imprimer chez soi

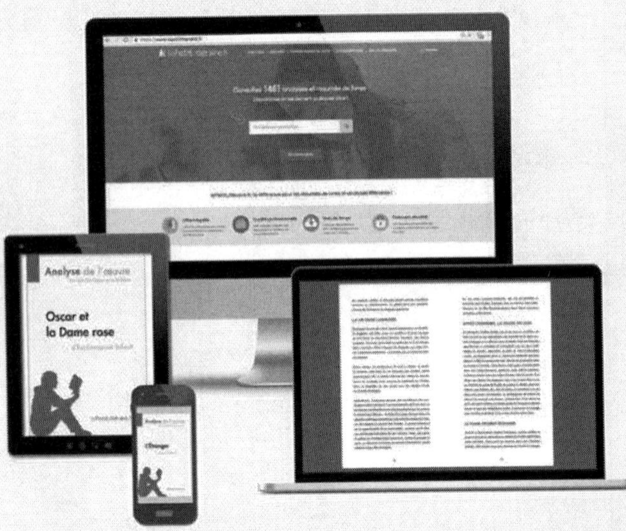

HOMÈRE

POÈTE GREC

- **Homère aurait vécu au VIIIe siècle av. J.-C.**
- **Ses œuvres :**
  - *Iliade*, épopée
  - *Odyssée*, épopée

Très peu de choses sont connues à propos d'Homère. À cause de ce manque d'informations, de nombreux spécialistes se sont interrogés sur la réalité de son existence. Dès lors, en voulant parler de la vie d'Homère, on se retrouve face à deux points de vue :

- celui qui considère qu'Homère a existé. On le présente alors comme un aède, c'est-à-dire un poète qui racontait des histoires, ayant vécu entre le VIIIe et le VIIe siècle av. J.-C., et comme l'auteur de l'*Iliade* et de l'*Odyssée* ;
- celui qui considère qu'il n'a pas existé et que le nom d'Homère ne serait qu'une appellation pour désigner un groupe d'aèdes qui aurait composé les deux œuvres qui lui sont attribuées. À l'heure actuelle, ce débat n'a toujours pas trouvé d'issue, chaque camp disposant l'un et l'autre d'arguments valables.

ODYSSÉE

UNE ÉPOPÉE ORALE PASSÉE À LA POSTÉRITÉ

- **Genre :** épopée
- **Édition de référence :** *Odyssée*, traduit par Hélène Tronc et Victor Bérard, Paris, Gallimard, coll. « Folio classique », 2009, 463 p.
- **Écrit vers :** VIIIe siècle av. J.-C.
- **Thématiques :** errance, colère des dieux, destin, mythologie, amour

L'*Odyssée* est une épopée grecque de plus de 12 000 vers. Ce récit divisé en 24 chants est centré sur la figure d'Ulysse et raconte son retour de la guerre de Troie. Il est divisé en trois grandes parties :

- l'assemblée des dieux qui décide du retour d'Ulysse à Ithaque ;
- les péripéties qu'Ulysse endure pendant les dix années qui séparent son départ de Troie de son arrivée sur l'ile d'Ithaque ;
- le retour et les représailles d'Ulysse envers les prétendants, qui veulent épouser sa femme Pénélope et piller ses richesses, récupérant ainsi sa famille, son honneur et ses biens.

L'originalité de cette œuvre, due notamment à sa construction narrative (avec une longue analepse au centre de l'œuvre), a stimulé bon nombre d'auteurs à travers les âges, ce qui lui a conféré une renommée internationale.

RÉSUMÉ

LE SUCCÈS DE L'ŒUVRE

Le succès constant de cet ouvrage et son importance expliquent les nombreuses et diverses éditions du texte. En effet, dans le souci de rendre l'œuvre abordable, les éditeurs suppriment souvent certains passages, jugés de moindre valeur par rapport aux autres. Ainsi, ce résumé, qui reprend l'intégralité du récit de l'*Odyssée*, peut présenter des différences avec d'autres versions.

Zeus, le maitre des dieux, a convoqué son assemblée sur le mont Olympe. Athéna essaie de le convaincre de libérer Ulysse de la colère de Poséidon et de le laisser rentrer dans sa patrie, Ithaque. Ulysse, roi d'Ithaque, a en effet combattu à Troie et s'est retrouvé, après avoir affronté mille dangers et s'être fait un ennemi de Poséidon, coincé sur l'ile de la nymphe Calypso qui est tombée amoureuse de lui et le retient prisonnier.

À Ithaque, des prétendants séjournent dans le palais d'Ulysse en son absence et pillent ses biens en attendant de pouvoir épouser Pénélope, la femme du héros grec. Cette dernière ne se remariera pas avant d'avoir terminé de tisser sa toile, une pièce qu'elle détruit toutes les nuits pour retarder l'échéance. Toutefois, trahie par une servante qui révèle la ruse de sa maitresse, Pénélope est de plus en plus pressée par ses prétendants. En guise de représailles, ils décident de dilapider les biens d'Ulysse, ne comptant s'arrêter que lorsqu'elle prendra une décision. Lassé de cette situation, Télémaque, le fils d'Ulysse, prend le large pour Pylos et Sparte en espérant glaner des nouvelles de son père. Alors qu'il s'apprête à revenir bredouille, les prétendants s'arrangent pour lui tendre une embuscade afin de le tuer.

Entretemps, Zeus, profitant de l'absence de son frère Poséidon, a décidé d'aider Ulysse, , et envoie Hermès chez la nymphe Calypso, où le héros a trouvé refuge, pour la forcer à le libérer. Autorisé à partir, Ulysse construit un radeau et prend le large. Mais Poséidon le piège dans une tempête : il ne doit son salut qu'à la déesse Ino et aux efforts d'Athéna qui lui permettent d'échouer sur les rives des Phéaciens, peuple dirigé par le roi Alkinoos et sa femme Arété.

Poussée par un songe d'Athéna, Nausicaa, fille d'Alkinoos, va laver son linge sur la côte dans laquelle Ulysse s'est échoué et fait sa rencontre. Ignorant son identité, elle lui donne de quoi se vêtir et se nourrir, puis l'enjoint à supplier sa mère, la reine Arété, pour obtenir l'hospitalité tandis qu'elle-même part annoncer à son père l'arrivée de l'étranger. Guidé par Athéna, Ulysse s'exécute : après avoir écouté le récit de son naufrage, Alkinoos lui promet d'affréter un navire qui le ramènera dès le lendemain en Ithaque.

Un banquet est donné en l'honneur du héros. Durant celui-ci, on chante des récits qui concernent les exploits d'Ulysse. Ce dernier, en entendant ces histoires, pleure. Alkinoos, intrigué, le questionne sur sa véritable identité. Ulysse dévoile son identité et se met à raconter l'histoire de ses malheurs.

Après la destruction de Troie au terme de dix années de guerre à laquelle Ulysse a participé, le héros a mis le cap vers Ithaque, sa patrie, accompagné dans son périple par quelques marins. Il a d'abord fait une escale chez les Cicones où lui et ses compagnons ont tout pillé. Mais, négligeant de repartir aussitôt, ils ont campé sur cette ile et enduré le lendemain une contrattaque qui leur a fait subir des pertes. Fuyant le pays, ils sont tombés chez les Lotophages, dont les potions d'oubli (qui effacent des mémoires de ceux qui la consomment leur propre identité) ont également failli faire des ravages.

Les marins arrivent ensuite sur l'ile des Cyclopes. Ulysse, désireux de voir ces monstres de près, s'est fait capturer, ainsi que ses compagnons, dans la grotte de l'un d'eux : Polyphème. Ce dernier dévore la plupart des camarades d'Ulysse. Avec l'aide des survivants, Ulysse enivre le cyclope et lui raconte des histoires avant de lui crever l'œil avec un pieu. Il fuit vers son navire sous le dos d'une brebis. Gravement blessé, Polyphème a alors invoqué son père Poséidon pour qu'il le venge.

Réfugié chez le dieu Éole, Ulysse a reçu de sa part une outre pleine de vent, très utile à un marin pour naviguer sur les mers. Reparti et en vue d'Ithaque, il a été trahi par ses compagnons qui ont ouvert l'outre trop tôt, convaincus qu'elle contient de l'or, ce qui les a fait s'éloigner du rivage. Peu après, sa flotte a encore diminué à cause d'une bataille contre les géants Lestrygons.

Ulysse a fini par échouer sur l'ile d'Aiaié et y a envoyé des compagnons en reconnaissance. Ceux-ci ont été accueillis par Circé, la maitresse des lieux. Cette dernière, après les avoir fait banqueter, les a transformés en cochons. Ne voyant pas ses hommes revenir, Ulysse s'est rendu chez la magicienne. Néanmoins, Hermès, l'ayant prévenu du danger qu'il encourait, lui a donné une herbe pour le protéger contre les maléfices de Circé. Aussi, après avoir reçu le héros grec, cette dernière n'est pas parvenue à le transformer en porc. Ulysse a alors obtenu la libération de ses compagnons, puis s'est fait envoyer aux Enfers par Circé afin qu'il consulte le devin Tirésias.

Arrivé au royaume d'Hadès, Ulysse a écouté l'oracle Tirésias qui lui a révélé ses maux futurs : il devra affronter les Sirènes (dont il pourra écouter le chant solidement attaché au mât et en ayant préalablement bouché les oreilles de ses compagnons avec de la cire). Il passera aussi près des monstres Charybde et Scylla avec le risque de perdre encore des hommes. Enfin, Tirésias l'a prévenu de ne pas manger les bœufs de l'ile du Soleil, sinon il lui arrivera de grands malheurs.

Le héros, ayant repris la mer, voit toutes les prédictions du devin se réaliser. Mais une fois parvenu sur l'ile du Soleil, Ulysse a de nouveau été trahi par ses compagnons qui, affamés, ont mangé les bœufs. Cet acte a provoqué la colère de Zeus qui les a tous fait périr une fois qu'ils eurent repris la navigation. Seul Ulysse s'en est sorti indemne en dérivant jusqu'à l'ile de Calypso où il est resté sept ans.

Ému par cette histoire, Alkinoos prépare le bateau promis et renvoie Ulysse à Ithaque. Dès que ce dernier touche terre, le navire est pétrifié par Poséidon en colère. Le héros grec, transformé en vieillard par Athéna, se rend chez son ancien porcher Eumée. Ce dernier, toujours loyal envers son roi, offre l'hospitalité à cet étranger et le met au courant de la situation du palais d'Ulysse, toujours occupé par les prétendants. Peu après, Télémaque, qui vient de revenir en ayant évité l'embuscade grâce à Athéna, se rend chez le porcher. Ulysse révèle son identité à son fils et prépare leur revanche.

Le lendemain, Télémaque et Ulysse, sous sa forme de vieillard, se présentent au banquet du palais où ils se font copieusement insulter par des prétendants et une servante, en raison de l'apparente mendicité d'Ulysse. Pénélope imagine une nouvelle ruse pour se soustraire au mariage : elle promet d'épouser celui qui arrivera à tendre l'arc d'Ulysse (qu'il est le seul à pouvoir tendre) et percer d'une flèche une rangée de haches. Aucun participant n'y parvient hormis Ulysse. Ce dernier, avec l'aide de Télémaque et de quelques alliés, massacre alors les prétendants.

Ulysse se présente à Pénélope et celle-ci l'accueille avec joie lorsque son mari lui révèle le secret du lit conjugal : ce dernier a été taillé dans un arbre autour duquel la maison fut bâtie. Ce détail lui permet de confirmer son identité. Ils passent la nuit ensemble.

Le lendemain, Ulysse se rend chez son père Laërte où ils fêtent leurs retrouvailles. Soudain, ils sont assaillis par une troupe conduite par le père de l'un des prétendants. Avec l'aide d'Athéna et de Zeus, ils parviennent à la vaincre. Ils font ensuite la paix avec les assaillants qui ont survécu à la bataille et Ulysse peut à nouveau régner sur Ithaque.

ÉTUDE DES PERSONNAGES

ULYSSE

L'*Odyssée* est une épopée centrée sur un seul personnage : Ulysse. Ce dernier est le roi de l'île grecque d'Ithaque et c'est en cette qualité qu'il participe à la guerre de Troie après l'appel aux armes de Ménélas. Il est l'époux de la reine Pénélope et le père de Télémaque. Ulysse présente quelques caractéristiques du héros homérique :

- **il est un homme ordinaire, au sens biologique du terme**. Ulysse est soumis au caractère mortel du genre humain ainsi qu'aux forces et aux faiblesses qui lui sont inhérentes (par exemple, lorsque ses compagnons ouvrent l'outre des vents, Ulysse, accablé par la fatigue, est en train de dormir ; il doit souvent son salut à des interventions divines lorsqu'il est en difficulté ; il se décourage fréquemment et se plaint) ;
- **il se distingue de ses semblables par sa noblesse royale et sa bonté**. Comme on l'a mentionné plus haut, Ulysse est roi d'Ithaque. Cette qualité de souverain, présente chez beaucoup d'autres personnages des épopées d'Homère (Ajax, Agamemnon, Ménélas, Achille, etc.), lui confère une certaine prestance. À ce charisme, Homère ajoute souvent une caractéristique positive comme la bonté par exemple (il nomme d'ailleurs souvent son héros « Divin Ulysse ») ;
- **il dispose d'une qualité qui lui est propre**. Le début de l'*Odyssée* nous renseigne très clairement sur celle-ci : Ulysse est « l'Homme aux Milles Ruses » comme l'indique

son épithète homérique (expression qui caractérise le héros tout en permettant à l'aède d'avoir des morceaux de vers tout prêts à être récités), le concepteur du cheval de bois qui fit tomber la cité de Troie. Sa faculté de ruser et de tromper est particulièrement mise en évidence lors de sa captivité chez le Cyclope : Ulysse arrive à s'en débarrasser en exploitant la faiblesse de son adversaire (sa cécité) et se joue de lui en se nommant « Personne », de telle sorte que Polyphème ne peut découvrir son identité.

Son rôle de protagoniste principal de l'épopée se remarque aussi à travers la place qu'Homère lui accorde dans les péripéties :

- dans les scènes de combat où ses exploits sont toujours mis en avant au détriment des personnages secondaires (par exemple, alors que les hommes d'Ulysse se font massacrer par les Lestrygons, l'auteur se concentre sur son héros qui tranche les amarres pour fuir) ;
- dans des moments plus intimes, comme sur l'ile de Calypso où l'auteur accorde plus de poids aux plaintes d'Ulysse qu'à celles de la nymphe.

Ainsi Ulysse peut-il être vu comme un héros à deux facettes : l'une intrépide et rusée qui le fait accomplir des exploits de renom (par exemple le massacre des prétendants ou la mutilation du Cyclope), et l'autre terriblement humaine qui consacre les faiblesses naturelles de son genre et sa totale soumission à la volonté des dieux (il subit à la fois la colère de Poséidon et la clémence d'Athéna).

ATHÉNA

Fille de Zeus, Athéna est une déesse guerrière dont les attributs sont l'intelligence et la ruse, caractéristiques qu'elle partage avec son protégé Ulysse. Elle se présente comme le principal adjuvant d'Ulysse dans sa quête vers l'ile d'Ithaque.

Son assistance auprès du protagoniste principal va du sauvetage pur et simple (notamment lorsque Ulysse est piégé par la tempête de Poséidon et qu'elle y met fin) à l'élaboration de ruses ou de camouflages (elle transforme Ulysse en vieillard lorsqu'il débarque en Ithaque afin qu'il ne se fasse pas repérer par exemple), permettant ainsi au héros d'éviter les difficultés ou d'accomplir ses projets.

Athéna possède aussi un rôle textuel important puisqu'elle sert de balise au voyage d'Ulysse : en effet, c'est elle qui fait débuter les aventures du héros en contraignant Zeus à envoyer Hermès sur l'ile de Calypso et c'est également elle qui les clôt en imposant la paix entre tous les habitants d'Ithaque.

PÉNÉLOPE

Reine d'Ithaque, Pénélope est l'épouse d'Ulysse et la mère de Télémaque. Elle occupe une place importante dans l'*Odyssée* en tant qu'enjeu central du dernier acte du récit. En effet, elle est l'objet du désir des prétendants qui dilapident ses biens en attendant de l'épouser. Ces actes constituent les motifs principaux de la vengeance d'Ulysse.

Comme la majorité des personnages féminins de l'univers homérique (Arété, par exemple), Pénélope présente une très grande fidélité en amour, ce qui explique le stratagème de la toile qu'elle met en place en attendant le retour de son mari. Elle possède néanmoins des qualités particulières de ruse et d'intelligence qui lui permettent de s'affranchir un peu de ce modèle.

TÉLÉMAQUE

Fils d'Ulysse et Pénélope, Télémaque occupe le rôle principal des quatre premiers chants (aussi connus sous le nom de « Télémachie »). Il n'a jamais connu son père mais lui est pourtant dévoué. En cela, il est un exemple de piété filiale. Tout comme sa mère, il est révolté par le comportement des prétendants. Hélas, bien qu'il ait un rôle important au sein de la société d'Ithaque, il semble manquer de force : ses adversaires ne lui témoignent pas de respect, probablement en raison de sa jeunesse.

Sa quête consistant à retrouver la trace de son père, il se lance alors dans un voyage, secondé par Athéna, au cours duquel il rencontre les vétérans de la guerre de Troie : Nestor à Pylos et Ménélas à Sparte. Menacé de mort par les prétendants qui veulent lui tendre une embuscade, il vit sa propre aventure.

POSÉIDON

Dieu des océans, père du cyclope Polyphème, il est désigné comme « celui qui ébranle la Terre », son épithète homérique. Poséidon est l'adversaire principal d'Ulysse qu'il hait car celui-ci a mutilé son fils : il n'y a pire ennemi pour un marin que le dieu de la mer en personne.

Poséidon cependant, malgré sa toute-puissance, ne peut influer sur le destin, et de ce fait, ne peut tuer Ulysse lui-même. Il le poursuit donc de sa colère, l'empêchant de retourner auprès des siens, le forçant à une très longue errance et le mettant en danger continuellement : c'est finalement son équipage qui en paiera le prix. Poséidon représente la force implacable de l'océan et apparait dans l'*Odyssée* comme une divinité vengeresse et hargneuse.

CLÉS DE LECTURE

L'ÉCRITURE D'UNE ÉPOPÉE ORALE

Quelles que soient les preuves ou non de son existence, on ne peut pas considérer Homère comme étant l'auteur, au sens moderne du terme, de l'*Odyssée*. Aujourd'hui, le concept d'« auteur » implique une notion de création originale qui est absente chez l'aède grec.

En effet, au départ, l'*Odyssée* se présentait sous la forme d'un ensemble de légendes tournant autour du personnage d'Ulysse et qui se transmettait au public uniquement de manière orale. Cette oralité laisse penser qu'il y avait autant de versions de l'épopée d'Ulysse que d'aèdes en Grèce, chacun d'entre eux ayant pu modifier la trame de l'histoire au gré de sa créativité ou de ses particularités en tant qu'aède (chaque aède ayant sa propre manière de narrer les récits).

S'il a existé, on peut logiquement penser qu'Homère avait lui aussi sa propre version de l'*Odyssée*. Grâce à sa renommée acquise en tant que poète et la probable grande qualité de son œuvre, cette dernière aurait été propulsée au rang de version de référence avant de connaitre une fixation à l'écrit. C'est l'Athénien Pisistrate (Ve siècle av. J.-C.) qui a rassemblé les différentes versions de l'œuvre pour les conserver dans une bibliothèque. La division en 24 chants du récit aurait, quant à elle, été opérée par des érudits grecs de la bibliothèque d'Alexandrie pour des raisons de confort de lecture.

Il faut donc bien prendre conscience que l'originalité d'Homère réside dans la narration de l'œuvre qui se construit sur plusieurs récits imbriqués ainsi que sur l'utilisation de mise en abyme et de flashbacks, et non dans son contenu.

LES CONDITIONS DE DÉCLAMATION

Les épopées homériques étaient originellement orales, déclamées par les aèdes devant un public. La longueur de ces récits épiques obligeait les aèdes à réciter leur texte sur plusieurs jours tandis que le nombre élevé de péripéties à raconter contraignait souvent le conteur à recourir à des astuces pour faciliter sa mémorisation et ainsi ne pas oublier une scène essentielle de l'histoire.

L'ÉPOPÉE

L'épopée est un long poème épique qui relate les exploits d'un personnage mythologique ou historique. Le poème épique devant faire l'éloge d'un personnage ou d'un peuple, l'hyperbole et autres exagérations sont légion. Par tradition, l'épopée puise sa source dans l'oralité.

La plus ancienne épopée connue à ce jour est l'*Épopée de Gilgamesh*, datée du IIIe millénaire av. J.-C., composée en sumérien et basée sur des légendes aussi bien sumériennes que babyloniennes.

L'épithète homérique

Il s'agit d'un procédé stylistique qui consiste à donner une caractéristique précise à un personnage et à la répéter sans cesse de manière à former une expression facilement mémorisable.

Ainsi, on constate qu'Ulysse est constamment qualifié de « divin » ou « d'illustre », que l'aurore est toujours pourvue « de doigts roses » et qu'Athéna se distingue souvent par ses « yeux pers ». Ces formules omniprésentes, qui balisent et rythment le récit, se retrouvent le plus souvent dans les moments-clés de l'épopée.

L'hexamètre dactylique

Lorsque l'on parcourt l'*Odyssée*, il faut garder à l'esprit que la traduction en prose proposée dans les éditions modernes de l'œuvre n'est qu'une adaptation aux habitudes actuelles de lecture. En effet, le « texte original » a été rédigé en vers et ces derniers étaient destinés à être scandés, c'est-à-dire chantés, devant une foule.

Ainsi, en plus d'élaborer sa version personnelle de l'histoire qu'il voulait conter, ce qui facilitait sa mémorisation, un aède basait également son originalité sur ses qualités d'orateur en jouant sur la scansion du texte.

Le vers épique grec par excellence est l'hexamètre dacty-lique. Il s'agit d'un vers composé de six dactyles, un dactyle étant la succession d'une syllabe longue avec deux brèves. Quelquefois, on pouvait remplacer un dactyle par un spondée qui consistait en l'enchainement de deux syllabes longues.

Lorsqu'elle est déclamée, une syllabe brève donne une impression de rapidité, tandis qu'une syllabe longue, du fait même de sa longueur, est prononcée plus lentement.

Le travail de l'aède consiste donc à placer les bons rythmes aux endroits adéquats du récit : souvent il privilégie la rapidité pour décrire des actions très mouvementées comme des batailles, par exemple, et la lenteur pour des moments plus graves ou solennels comme des plaintes ou des monologues. Ce jeu sur le rythme et ses changements permet de maintenir l'attention de l'auditeur tout en rendant le récit plus vivant.

LA STRUCTURE DE L'ŒUVRE

La structure narrative de l'*Odyssée* permet de favoriser les effets de style narratifs et la mise en scène du récit. On distingue quatre grandes parties dans l'épopée :

- **la Télémachie**. Cette partie met en scène Télémaque qui part à la recherche de réponses concernant l'état de son père et permet de présenter le personnage d'Ulysse sans pour autant qu'il apparaisse réellement. Ainsi, une aura de mystère entoure le protagoniste. Tout le monde en parle, souvent avec admiration, mais nul ne sait où il est, certains personnages le croient même mort ;
- **les mésaventures d'Ulysse**, de son départ de l'île de Calypso à son arrivée à la cour d'Alkinoos. Le protagoniste apparait ainsi que les dangers qu'il encourt. Ulysse se change ensuite en conteur pour relater, à la fois à la

cour qui l'a accueilli mais aussi au lecteur, ses malheurs ;

- **les aventures d'Ulysse**. À ce moment de l'épopée, le narrateur devient Ulysse, et on passe d'un récit à la troisième personne à un récit à la première. Le personnage qui nous a été présenté par des tiers (narrateur et autres personnages) reprend sa place au cœur du récit. Le rythme change et les péripéties s'enchainent ;
- **le retour d'Ulysse**. Le narrateur omniscient revient une fois qu'Ulysse a terminé son récit pour un dernier exploit du héros, le retour chez lui et le combat contre les prétendants : l'œuvre prend alors une coloration guerrière. Les malheurs d'Ulysse sont désormais du passé, il est temps de laisser place à la conquête du foyer tant désiré.

L'*Odyssée* prend son temps pour mettre en place ses personnages et pour dévoiler son intrigue. C'est un récit palpitant par sa structure. Le poème étant supposé être déclamé devant un public, la structure du récit démontre une recherche de sensationnalisme. Ulysse met quatre chants à apparaitre clairement. Une fois apparu, il lui arrive des péripéties spectaculaires avant de se fondre avec l'aède pour conter ses mésaventures au cours d'une longue mise en abyme pour finir sur un retour triomphal. Cette recherche du spectaculaire permet de parler de mise en scène, quand on évoque l'*Odyssée*.

LES THÈMES DE L'*ODYSSÉE*

Le destin

À plusieurs reprises, on peut remarquer qu'Ulysse n'exerce pas de contrôle sur sa propre existence. Souvent pris dans un conflit de divinités, ce sont ces dernières qui influencent sa vie au point qu'il en devient presque un pantin impuissant. De nombreux exemples attestent cette soumission aux volontés des dieux : ainsi, c'est Zeus qui lui permet de quitter l'ile de Calypso, Athéna et Ino qui le mènent sain et sauf en Phéacie et Tirésias qui lui prédit la marche qu'il va suivre. Le héros lui-même semble avoir conscience de cette manipulation car il n'hésite pas à accuser les dieux lorsqu'un malheur lui arrive. Les dieux interviennent dans les affaires des mortels, mais eux-mêmes sont soumis aux rigueurs du destin. Ainsi, Athéna ne peut pas porter secours directement à Ulysse, seulement l'aider et le guider.

Le retour

L'*Odyssée* raconte le retour d'Ulysse dans sa patrie. Pour ce dernier, ce retour est de deux types :

- **un retour matériel :** en se vengeant des prétendants, Ulysse récupère l'ensemble de ses biens, son prestige et sa couronne de roi ;
- **un retour psychologique :** la reconquête d'Ithaque par Ulysse marque sa volonté de retourner à la vie d'avant la guerre de Troie, synonyme de bonheur.

LA GUERRE DE TROIE

La guerre de Troie est un conflit mythologique très important dans la tradition grecque antique. L'un de ses épisodes les plus célèbres est celui de la colère d'Achille, relaté par Homère dans l'*Iliade*, épisode au cours duquel Achille, le meilleur guerrier achéen (nom donné aux Grecs), s'est retiré sous sa tente suite à une dispute avec le roi Agamemnon qui dirigeait l'armée grecque, ce qui influe sur la direction que prend le conflit : Achille est indispensable pour gagner la guerre. De nombreux héros mythologiques ont combattu dans cette guerre (comme Ajax, Nestor, Ulysse, Ménélas...) de même que les dieux. Ulysse a un rôle très important dans la résolution du conflit, grâce à la célèbre ruse du cheval de Troie. Les Grecs, dissimulés dans un grand cheval de bois, se sont infiltrés dans la ville après que ses habitants, voyant le cheval comme une offrande, l'ont fait rentrer dans ses murs.

L'amour

Ce thème parcourt l'ensemble de l'*Odyssée* et se cristallise surtout autour de la personne d'Ulysse. À cause de sa beauté naturelle (parfois rehaussée de quelques artifices divins), le héros se présente souvent comme un séducteur malgré lui. Ainsi, nombreuses sont les femmes qui aimeraient l'épouser : Circé, qui l'invite à partager sa couche, Nausicaa, qui est subjuguée par son charisme ou encore Calypso, qui lui offre l'immortalité si Ulysse lui donne son cœur. Ces situations sont l'occasion pour Homère de renforcer le caractère moral du héros : Ulysse refuse systématiquement d'aimer d'autres femmes que Pénélope, bien qu'il accepte de partager sa couche avec Calypso et Circé, car nul ne doit refuser de partager la couche d'une déesse.

Le surnaturel

Le surnaturel est au fondement même de l'*Odyssée*. Cela confère au texte son intérêt et sa magie. Ainsi, durant son expédition, Ulysse est confronté à deux types de phénomènes irréels :

- **le merveilleux divin** : l'ensemble des interventions divines accomplies au fil de l'œuvre. On citera comme exemple la transformation d'Ulysse en un vieillard, la pétrification du bateau d'Alkinoos par Poséidon ou encore la tempête provoquée par Zeus ;
- **le merveilleux légendaire**, qui se manifeste surtout au travers du bestiaire, c'est-à-dire les créatures et autres monstres, mis en place par Homère : Charybde, Scylla, Cyclopes et autres Sirènes sont des abominations tout droit sortis de la tradition mythologique grecque qui représentent les dangers liés à l'inconnu et auxquels l'aède a donné leurs lettres de noblesse.

L'INTERTEXTUALITÉ DANS L'*ODYSSÉE*

L'*Odyssée* s'inscrit dans un canevas plus large, dans un ensemble de mythologies très nombreuses et variées. Les personnages présents dans cette épopée sont aussi présents dans d'autres mythes ou sont en contact avec d'autres héros mythologiques. L'*Odyssée* fait ainsi écho à d'autres mythes liés à la guerre de Troie : des réminiscences de l'*Iliade* s'y trouvent, mais aussi de l'*Orestie* (mythe du retour d'Agamemnon, tué par sa femme Clytemnestre et son amant Egisthe, vengé par son fils Oreste). Ces références remplissent deux fonctions :

- **les mythes agissent comme un compas moral pour les personnages.** L'histoire d'Oreste est à étudier en parallèle à celle de Télémaque :
  - nombreux sont les personnages à élever Oreste au rang de modèle de la piété filiale. Zeus, Athéna et Nestor saluent notamment son mérite dans l'*Odyssée* ;
  - Télémaque montre autant de fidélité à son père qu'Oreste qui n'a pas hésité à tuer sa mère et l'amant de celle-ci dans le but de venger son père. Clytemnestre, femme d'Agamemnon apparait comme une anti-Pénélope, une éventualité à laquelle échappe Ulysse. Si Pénélope est l'image même de la fidélité, ce n'est pas le cas de Clytemnestre qui est doublement sacrilège : elle n'est pas fidèle à son mari et l'assassine ;
  - Hélène, qui apparait dans l'épopée et qui est aux côtés de Ménélas, représente la rédemption. Elle a été pardonnée, bien qu'elle soit dure envers elle-même « pour la chienne que j'étais, vous autres Grecs/ fûtes porter la guerre audacieuse sous Ilion » (chant IV, v. 145-146) ;
- **ces mythes offrent aussi des parallèles avec les aventures que vit Ulysse**. Certains motifs mythiques se retrouvent dans l'*Odyssée* :
  - dans le chant IV, Hélène raconte à Télémaque comment Ulysse, grimé en mendiant, s'est infiltré dans Troie. Cet épisode renvoie aux derniers chants de l'*Odyssée*, alors qu'Ulysse, déguisé en pauvre, rentre chez lui en inconnu. Dans les deux cas, le héros se travestit pour entrer dans un lieu hostile ;
  - un autre parallèle peut être réalisé dans le récit que fait Ménélas d'une ruse d'Hélène. Celle-ci, pendant la guerre, afin de forcer les Achéens à trahir leurs

positions, les appelait en imitant la voix de leurs compagnes. Ulysse est le seul à ne pas être tombé dans le piège. On peut, à la lumière de cette anecdote, penser à la mésaventure vécue avec les sirènes ;

- ◦ l'esprit d'Agamemnon prévient Ulysse du danger qu'il encourt lors de son retour chez lui en lui narrant comment s'est achevée sa vie.

On trouve donc une idée de motifs qui se répètent, et les mythes du passé agissent comme des avertissements pour les épreuves futures.

La mythologie dans l'*Odyssée*, comme dans la réalité, a pour principale fonction d'agir comme un garde-fou moral. Elle remplit une fonction éducative : elle sert à indiquer la marche à suivre à travers des modèles et aider à prévenir les épreuves à venir. Il est intéressant de noter que l'intertextualité est si présente dans l'*Odyssée* que le protagoniste, le temps de quelques chants, devient lui-même un aède. La mise en abime de la poésie y est ainsi très forte.

LA POSTÉRITÉ DE L'*ODYSSÉE* DANS LA LANGUE FRANÇAISE

Si aujourd'hui, grâce au succès de l'ouvrage éponyme, le mot « odyssée » est devenu un nom commun qui désigne un ensemble d'aventures ou de péripéties, cela n'a pas toujours été le cas auparavant. À l'origine, « odyssée » était le mot grec qui titrait l'épopée d'Ulysse : il signifiait « les aventures d'Odysseus ».

En effet, le nom « Ulysse » est en réalité une création romaine destinée à remplacer la dénomination grecque du héros d'Ithaque.

L'*Odyssée* a eu une telle influence sur la littérature en général que certaines de ses scènes sont devenues proverbiales :

- « Passer de Charybde en Scylla » : cette locution signifie « échapper à un danger pour mieux se jeter dans un autre » tels ces deux monstres qui représentent deux alternatives terribles pour Ulysse. En effet, pour éviter un des monstres, il doit se jeter dans les griffes de l'autre ;
- « Le chant des Sirènes » : cette expression signifie qu'il faut se méfier des apparences car elles peuvent être trompeuses à l'instar des sirènes dont l'apparence magnifique et le chant envoutant cachent bien le danger qu'elles représentent ;
- « La toile de Pénélope » : cette formule qualifie un travail recommencé sans cesse ou dont on ne voit pas la fin.

ULYSSE, UN HÉROS ATYPIQUE

Un héros grec est un personnage fantastique, né de l'union d'un(e) mortel(le) et d'une divinité, qui connait un destin prodigieux. Le plus célèbre des héros grecs est Héraclès (Hercule en latin) fils de Zeus et d'une mortelle, devant accomplir les fameux douze travaux et poursuivi par la colère d'Héra. L'*Iliade* est remplie de héros.

La guerre de Troie est la guerre des dieux et des héros par excellence et nombre d'entre eux se sont mesurés les uns aux autres (Achille, Hector, Ménélas, Diomède, Ajax, Castor et Pollux...) et parmi eux, Ulysse. Celui-ci est particulier :

- **il n'y a rien de divin chez le « divin Ulysse ».** Né de parents mortels, on attribut n'est ni une force physique surnaturelle, ni une surpuissance au combat mais bien une aptitude : la ruse. Si on met en parallèle Ulysse et Achille, on se rend compte que le premier peut sembler faire pâle figure, comparé au second. Si les attributs d'Achille sont le bouclier et la lance (l'équipement des hoplites, nom donné aux fantassins grecs qui allaient au contact lors des batailles), pour Ulysse, c'est la ruse et l'arc (arme qui sert à se battre de loin).
Concernant l'engagement à Troie, les deux personnages ont failli se soustraire au conflit, mais si dans le cas d'Achille, c'est dû à Thétis, sa mère qui l'a travesti en femme pour le protéger, ce n'est pas le cas d'Ulysse qui se fait lui-même passer pour un fou dans l'espoir de ne pas être appelé. Avec ces prémices, le personnage peut alors avoir l'air d'un couard et d'un lâche. Il est intéressant de noter que le fils d'Ulysse est nommé Télémaque. Ce nom est composé de deux termes grecs, *Têlé* (loin) et *Mâkhé* (combat), qui signifient « Celui qui combat de loin ». Le nom du fils est en général donné en fonction des caractéristiques du père : on peut donc se demander si ce nom n'est pas une boutade pour désigner Ulysse, personnage qui mise plus sur la fourberie que sur la bravoure ;
- **Ulysse commet nombre d'erreurs fatales.** C'est sa curiosité qui le pousse à rencontrer le cyclope, et après avoir réussi à lui échapper, condamne tout son équipage lorsque dans un moment d'*hybris* (d'orgueil), ivre de victoire, il révèle son vrai nom (attirant sur lui la colère

de Poséidon). Dans le récit des malheurs d'Ulysse, il apparait comme étant très faillible, se lamentant et pleurant beaucoup : il a même du mal à se faire respecter par ses hommes d'équipage. Ceux-ci ouvrent l'outre des vents et mangent les bœufs du soleil en dépit de ses avertissements. L'un d'eux, Euryloque, questionne même le jugement d'Ulysse lors de l'épisode de Circé : « C'est à cause de lui, de ses fureurs qu'ils ont péri » (chant X, v. 437) lui dit-il, attirant la colère du héros ;

- **les motivations d'Ulysse n'ont rien d'héroïques**. Tandis qu'Achille et d'autres héros se battent pour assurer leur *kléos* (leur gloire), ce qui motive Ulysse c'est rentrer chez lui. Il ne se destine pas à une renommée particulière. La renommée est réservée à la guerre : seuls ceux qui se distinguent sur le champ de bataille y ont accès. Or, Ulysse est un héros déjà fameux lors du début de l'œuvre, du fait de sa participation à la guerre de Troie. Athéna, sous les traits de Mentor, lui reproche dans les vers 226 à 235 du chant XXII de ne plus avoir la même vaillance que lors de cette guerre. Veut-elle affirmer sa détermination à massacrer les prétendants quand elle lui adresse ces mots, ou pense-t-elle réellement ce qu'elle dit ? Toujours est-il qu'il est singulier de reprocher à un héros de manquer de vaillance.

Ulysse parait ainsi moins fort que d'autres héros épiques, mais il n'en est pas moins méritant. Il n'est probablement pas une parodie de héros mais en représente une autre forme : un héros humain. Il est un personnage tout à fait ordinaire qui se retrouve à lutter contre une adversité qui le dépasse en envergure et en puissance. Ulysse ne peut rien faire, arme à la main, contre des adversaires comme Poséidon, Polyphème ou les géants Lestrygons. Ce qu'il peut faire, en revanche, c'est user de son ingéniosité humaine pour se sortir de toutes ces situations dangereuses. Ce personnage qui fuit, se travestit, et qui ne parvient pas toujours à inspirer la confiance à ses compagnons, est un simple homme qui ne désire rien de plus que rentrer auprès des siens. Aujourd'hui, Ulysse est le modèle du héros rusé, qui use de son intellect. Il est aussi le héros-aventurier, qui part à la rencontre de l'inconnu : c'est un héros vagabond

PISTES DE RÉFLEXION

QUELQUES QUESTIONS POUR APPROFONDIR SA RÉFLEXION...

- Contrairement à la plupart des héros mythiques, Ulysse ne présente pas de caractéristiques physiques particulières (pas de force surhumaine ou d'invulnérabilité). Il parvient pourtant à accomplir des exploits hors du commun. Comment y parvient-il ?
- Les dieux ont une grande importance et sont omniprésents dans le récit. Qu'est-ce qui les caractérise ? En quoi sont-ils différents de la conception du dieu catholique ?
- La scène de l'outre fait allusion à la curiosité des hommes. Ne peut-on pas trouver des épisodes semblables dans d'autres mythes ?
- Comment Pénélope déjoue-t-elle l'impatience de ses prétendants ? Ce stratagème ne rappelle-t-il pas des punitions divines auxquelles sont condamnés d'autres héros mythologiques ? Que symbolisent ces tâches ?
- Quel rôle Athéna joue-t-elle ? Comment se matérialisent ses interventions ?
- Quelles caractéristiques stylistiques témoignent du caractère oral de l'œuvre d'Homère ?
- Peut-on considérer Ulysse comme un personnage libre de ses choix ? Pourquoi ?
- Quel rôle l'amour joue-t-il dans l'œuvre ? Comment y apparait-il ?
- Expliquez la ressemblance que l'on peut établir entre l'*Éneide* de Virgile (poète latin, 70-19 av. J.-C.) et l'*Odyssée*, aussi bien du point de vue du contenu que du style.

- Ulysse visite le royaume des morts au cours de ses voyages. Connaissez-vous d'autres héros mythologiques ayant accompli un exploit semblable ? Si oui, comparez leurs aventures à celles d'Ulysse.

Votre avis nous intéresse !
Laissez un commentaire sur le site de votre librairie en ligne
et partagez vos coups de cœur sur les réseaux sociaux !

POUR ALLER PLUS LOIN

ÉDITION DE RÉFÉRENCE

- HOMÈRE, L'*Odyssée*, édition de Brunet P., Paris, Gallimard, coll. « Folio Classique », 2009.

ÉTUDES DE RÉFÉRENCE

- BÉRARD V., *L'Odyssée d'Homère : étude et analyse*, Paris, Mellottée, 1954.
- COMMELIN P., *Mythologie grecque et romaine*, Paris, Pocket, 1994
- DE ROMILLY J., *Homère*, Paris, PUF, coll. « Que sais-je ? », 1992.
- PUCCI P., *Ulysse polutropos, lectures intertextuelles de l'Iliade et l'Odyssée*, Lille, Presses Universitaire du Septentrion, 1995.
- SAÏD S., *Homère et l'Odyssée*, Paris, Belin, coll. « Sujets », 1998
- THALMANN W. G., *The* Odyssey *: An Epic Of Return*, New-York, Twayne's Publishers, coll. « Twayne's Masterwork Studies », 1992.

ADAPTATIONS

- L'*Odyssée* a fait l'objet d'une adaptation cinématographique sous forme de péplum, réalisée par Mario Camerini avec Kirk Douglas et Silvana Mangano, Italie, 1954.
- L'*Odyssée*, mini-série télévisée de Franco Rossi, avec

Bekim Fehmiu et Irène Papas, Italie, 1968.

SUR LEPETITLITTÉRAIRE.FR

- Commentaire de lecture portant sur l'épisode de l'ile des Cyclopes dans l'*Odyssée*.
- Fiche de lecture sur l'*Iliade* d'Homère.
- Questionnaire de lecture sur l'*Odyssée*.

Retrouvez notre offre complète sur lePetitLittéraire.fr

- des fiches de lectures
- des commentaires littéraires
- des questionnaires de lecture
- des résumés

ANOUILH
- Antigone

AUSTEN
- Orgueil et Préjugés

BALZAC
- Eugénie Grandet
- Le Père Goriot
- Illusions perdues

BARJAVEL
- La Nuit des temps

BEAUMARCHAIS
- Le Mariage de Figaro

BECKETT
- En attendant Godot

BRETON
- Nadja

CAMUS
- La Peste
- Les Justes
- L'Étranger

CARRÈRE
- Limonov

CÉLINE
- Voyage au bout de la nuit

CERVANTÈS
- Don Quichotte de la Manche

CHATEAUBRIAND
- Mémoires d'outre-tombe

CHODERLOS DE LACLOS
- Les Liaisons dangereuses

CHRÉTIEN DE TROYES
- Yvain ou le Chevalier au lion

CHRISTIE
- Dix Petits Nègres

CLAUDEL
- La Petite Fille de Monsieur Linh
- Le Rapport de Brodeck

COELHO
- L'Alchimiste

CONAN DOYLE
- Le Chien des Baskerville

DAI SIJIE
- Balzac et la Petite Tailleuse chinoise

DE GAULLE
- Mémoires de guerre III. Le Salut. 1944-1946

DE VIGAN
- No et moi

DICKER
- La Vérité sur l'affaire Harry Quebert

DIDEROT
- Supplément au Voyage de Bougainville

DUMAS
• Les Trois
  Mousquetaires

ÉNARD
• Parlez-leur
  de batailles,
  de rois et
  d'éléphants

FERRARI
• Le Sermon sur la
  chute de Rome

FLAUBERT
• Madame Bovary

FRANK
• Journal
  d'Anne Frank

FRED VARGAS
• Pars vite et
  reviens tard

GARY
• La Vie devant soi

GAUDÉ
• La Mort du
  roi Tsongor
• Le Soleil des
  Scorta

GAUTIER
• La Morte
  amoureuse
• Le Capitaine
  Fracasse

GAVALDA
• 35 kilos d'espoir

GIDE
• Les
  Faux-Monnayeurs

GIONO
• Le Grand
  Troupeau
• Le Hussard
  sur le toit

GIRAUDOUX
• La guerre de
  Troie
  n'aura pas lieu

GOLDING
• Sa Majesté des
  Mouches

GRIMBERT
• Un secret

HEMINGWAY
• Le Vieil Homme
  et la Mer

HESSEL
• Indignez-vous !

HOMÈRE
• L'Odyssée

HUGO
• Le Dernier Jour
  d'un condamné
• Les Misérables
• Notre-Dame
  de Paris

HUXLEY
• Le Meilleur
  des mondes

IONESCO
• Rhinocéros
• La Cantatrice
  chauve

JARY
• Ubu roi

JENNI
• L'Art français
  de la guerre

JOFFO
• Un sac de billes

KAFKA
• La Métamorphose

KEROUAC
• Sur la route

KESSEL
• Le Lion

LARSSON
• Millenium I. Les
  hommes qui
  n'aimaient pas
  les femmes

LE CLÉZIO
• Mondo

LEVI
• Si c'est un
  homme

LEVY
• Et si c'était vrai…

MAALOUF
• Léon l'Africain

MALRAUX
- La Condition humaine

MARIVAUX
- La Double Inconstance
- Le Jeu de l'amour et du hasard

MARTINEZ
- Du domaine des murmures

MAUPASSANT
- Boule de suif
- Le Horla
- Une vie

MAURIAC
- Le Nœud de vipères

MAURIAC
- Le Sagouin

MÉRIMÉE
- Tamango
- Colomba

MERLE
- La mort est mon métier

MOLIÈRE
- Le Misanthrope
- L'Avare
- Le Bourgeois gentilhomme

MONTAIGNE
- Essais

MORPURGO
- Le Roi Arthur

MUSSET
- Lorenzaccio

MUSSO
- Que serais-je sans toi ?

NOTHOMB
- Stupeur et Tremblements

ORWELL
- La Ferme des animaux
- 1984

PAGNOL
- La Gloire de mon père

PANCOL
- Les Yeux jaunes des crocodiles

PASCAL
- Pensées

PENNAC
- Au bonheur des ogres

POE
- La Chute de la maison Usher

PROUST
- Du côté de chez Swann

QUENEAU
- Zazie dans le métro

QUIGNARD
- Tous les matins du monde

RABELAIS
- Gargantua

RACINE
- Andromaque
- Britannicus
- Phèdre

ROUSSEAU
- Confessions

ROSTAND
- Cyrano de Bergerac

ROWLING
- Harry Potter à l'école des sorciers

SAINT-EXUPÉRY
- Le Petit Prince
- Vol de nuit

SARTRE
- Huis clos
- La Nausée
- Les Mouches

SCHLINK
- Le Liseur

SCHMITT
- La Part de l'autre
- Oscar et la
  Dame rose

SEPULVEDA
- Le Vieux qui
  lisait des romans
  d'amour

SHAKESPEARE
- Roméo et Juliette

SIMENON
- Le Chien jaune

STEEMAN
- L'Assassin
  habite au 21

STEINBECK
- Des souris et
  des hommes

STENDHAL
- Le Rouge et
  le Noir

STEVENSON
- L'Île au trésor

SÜSKIND
- Le Parfum

TOLSTOÏ
- Anna Karénine

TOURNIER
- Vendredi ou
  la Vie sauvage

TOUSSAINT
- Fuir

UHLMAN
- L'Ami retrouvé

VERNE
- Le Tour
  du monde
  en 80 jours
- Vingt mille
  lieues sous
  les mers
- Voyage au
  centre de
  la terre

VIAN
- L'Écume des jours

VOLTAIRE
- Candide

WELLS
- La Guerre des
  mondes

YOURCENAR
- Mémoires
  d'Hadrien

ZOLA
- Au bonheur
  des dames
- L'Assommoir
- Germinal

ZWEIG
- Le Joueur
  d'échecs

www.lepetitlitteraire.fr

ISBN version numérique : 978-2-8062-9288-9
ISBN version papier : 978-2-8062-9289-6
Dépôt légal : D/2017/12603/7

Avec la collaboration de Nasim Hamou pour l'analyse des personnages de Télémaque et de Poséidon ainsi que pour les chapitres « L'intertextualité dans *L'Odyssée* », « La structure de l'œuvre » et « Ulysse, un héros atypique ».

Conception numérique : Primento,
le partenaire numérique des éditeurs.

Ce titre a été réalisé avec le soutien de la Fédération Wallonie-Bruxelles, Service général des Lettres et du Livre.

Made in the USA
Monee, IL
07 July 2026

56544688R00022